„*Die Zukunft zeigt uns viele Gesichter, welches sich uns zuwendet fühlen wir dann, wenn es uns berührt*"

Dietmar Dressel[1]

Dietmar Dressel

Un autre jour

Histoires

Pour Barbara, Alexandra, Kai, Timon, Nele et Isabelle

„Pour agir dans l'amour, il faut emprun-

ter un chemin difficile"

„Ce qui le anime et ce qu'il veut toujours,

sans vraiment avoir à faire en dernière

instance, transforme l'homme en

quoi et comment est-il „

Dietmar Dressel

Titre de l'édition originale „Tage die das Leben ver-
ändern" Copyright © 2012 Dietmar Dressel. Co-
copyright © 2020 Dietmar Dressel - Auteur - 1ère
édition

Fabriqué et édité par: BoD- Books on Demand,
Norderstedt.

Conception: Alexandra et Barbara Dressel
Imprimé en Allemagne
ISBN 9 783750 498273

Description du contenu

Les récits de ce livre sont fictifs. Les actions heureuses et malheureuses et les expériences profondément tristes des protagonistes sont une fusion d'expériences de la vie quotidienne de notre temps.

Les différents événements sont un instantané qui pousse la profondeur de l'expérience des gens aux limites de leurs limites physiques et psychologiques. Comment la vraie vie joue dans la vie quotidienne.

Chapitre

Communiqué de presse de Michel Friedman de 16 avril 2012 - Avocat, politicien, publiciste et présentateur de télévision L'auteur n'est pas un nouveau Goethe, ni un Thomas Mann. Heureusement, car c'est ce qui fait il est crédible.

Je ne peux pas dire si Dietmar Dressel parle au lecteur ici en tant qu'autobiographe ou si c'est de la pure fiction pour le mieux. Cependant, aussi proche que cela arrive au lecteur avec ses histoires, je pense qu'un lien personnel fort avec les personnages a dû inspirer l'auteur.

Les histoires sont heureuses, belles, réfléchies et profondément tristes. Comme la vie est, une montagne russe sauvage de sentiments. L'arrivée et l'adieu sont les thèmes centraux du livre. Les instantanés qui vous rendent heureux vous invitent à vous arrêter et à prendre beaucoup de temps.

Le livre n'éduque pas, il n'enseigne pas. Dressel n'est pas un auteur qui veut nous montrer quelque chose. Il n'est pas instituteur mais il joue. Le livre n'a pas changé ma vie, mais il a peutêtre acquis quelques idées. Tout ce que Dressel a inclus dans ce livre doit avoir été une expérience intense. Quoi qu'il en soit, je veux en savoir plus sur cet auteur.

L'œuvre de Dressel ne sera certainement pas un livre dont on dira un jour: „Ce qu'il restait du siècle". Il lui manque la provocation d'une herbe, les divagations de Thomas Mann, le prépondérant de Mario Barth. Et il n'y a pas non plus d'apprenti magique dedans. Et pourtant, je suis certain qu'un grand auteur découvre ici son talent.

„*Sortir un enfant de son ventre est*

aussi beau qu'un

pièce magique! „

Simone de Beauvoir

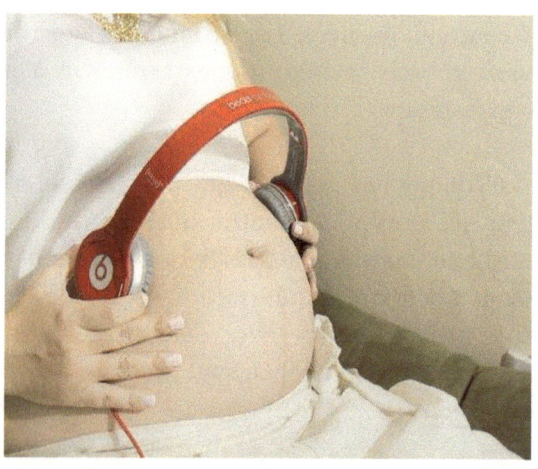

Je quitte mon petit monde

Si les sons dans la bouche de maman ne me trompent pas beaucoup, elle dort. Je pense que maman ronfle de plaisir. Quoi qu'il en soit, mon père dit que si maman devait faire des sons aussi étranges. Je sais qui sont mon père et ma mère. Quand ils se couchent le soir, ils parlent parfois de la façon dont ils m'ont soidisant produit et à quel point c'était amusant. Surtout, a dit mon père, quand ils ont tous les deux essayé de me faire entendre. Comment avezvous pratiqué cela et tout avec plaisir? Eh bien, je ne sais pas. Je veux savoir ce qui se passait làbas. Peutêtre que ça a quelque chose à voir avec le lit de maman. Dès que mon père s'est couché le soir et qu'ils sont tous les deux entrés tout de suite, eh bien, je ne sais pas. Je dois dire cela parce que je ne trouve aucune autre expression dans ma tête pour cela.

Parfois, papa disait que l'apparence des oreilles d'une femme ne serait pas si importante, parce que les femmes jettent censément nos beaux cheveux vers la tête avec un large geste à chaque occasion, afin que tout le monde puisse voir nos oreilles. Pour certains hommes, il y a même un dicton qui circule. Je pense que ça commence plus ou moins par les mots:

„Tout comme les oreilles de la femme, aussi l'ouverture du corps.“

En fait, c'est une insolence sans fond pour certains hommes de penser à quelque chose, merci. Dieu merci, je suis dans le ventre de ma mère et je n'ai pas à me soucier du monde des hommes.

Peut-être devrais-je dire, pas encore! Soi-disant, du moins c'est ce que ma mère a dit lorsqu'elle a parlé à son voisin de Dieu et du monde, le Seigneur dans le ciel a personnellement créé l'homme à partir de la boue et de l'eau. Nous avons été expulsés d'une côte de cet homme fait par Dieu. Je vous remercie! Je suis très curieux de voir ce qui viendra de moi du monde créé par les hommes.

Ok, bien sûr, mon père est une exception et un or, bien sûr, et je sais ce que je dis! Peu importe si maman dort maintenant, en ce qui concerne mon emplacement actuel, je dois admettre une sorte de pataugeoire chaude et invitante dans l'estomac de maman qui n'aurait pas grand-chose à dire si maman et papa ne le faisaient pas. quelque chose de temps en temps amènerait du mouvement à proximité immédiate de mon salon. Eh bien, le mouvement est compris avec considération.

C'est assez inconfortable pour mes parents et pour les autres en ce moment. Il fait froid. Dieu merci, il fait toujours beau et chaud dans le ventre de ma mère. Bien sûr, c'est important pour moi! Impensable si l'eau était froide ici. L'idée même me fait frissonner. Je n'ai pas beaucoup de place pour bouger dans ma petite baignoire. Ok, il fait chaud, mais serré. Soit j'ai grandi ces derniers temps, soit le ventre de maman ne peut pas suivre ma croissance. Peut-être que tout me semble si serré.

Qui sait? En tout cas, mieux que de devoir geler par temps froid.

Maman parle parfois à papa de la météo inconfortable en hiver et du fait qu'il doit faire attention à ne pas tomber avec moi. Ce ne serait pas si amusant pour eux deux. Qu'est-ce que l'hiver? Eh bien, je le découvrirai probablement bientôt.

Cela m'amène à une question intéressante que je pose depuis un certain temps. Je ne sais pas comment sortir du ventre de maman? Si je le dois. Et je devrai le faire. Je ne peux pas passer toute ma vie ici dans cette baignoire. Ce n'est certainement pas possible. Je ne veux même pas penser à comment je suis entré dans le ventre de maman.

Les bruits forts et soudains les distraient de leurs pensées. Oh oui, pense-t-elle, surprise, les sons de l'alarme du matin sont très forts. Maman doit sortir de son joli lit chaud. Oh je suis désolé. J'ai oublié de dire ça. Le nom de ma mère est Brunhilde. Je veux juste dire que c'est son nom. Bien sûr, je ne l'appelle pas comme ça.

Mentalement, je dis maman. Je ne peux pas parler dans le ventre de maman.

Après la cloche avec le réveil, le petit déjeuner est la première chose à faire. Bien sûr pour nous deux. Après cela, il est temps de dormir. Bien sûr, juste pour moi. Maman conduira probablement sa voiture au super-marché. Achats!

Je n'aime pas du tout conduire en voiture. Maman est toujours terriblement excitée. Probablement à cause des rues glissantes et de la circulation dans la ville. Tout cela me rend très agité et anxieux. En raison des inquiétudes à propos de ma mère, je commence à me battre vaguement et je fais un saut périlleux après l'autre. En tout cas, elle n'est pas enthousiasmée par ça.

Enfin de retour dans notre chaleureuse maison. Maman est occupée à déballer ses bagages et j'espère qu'elle fera une petite sieste après tout le ménage.

Ça sonne! Ça aussi. Espérons que ce n'est pas Mme Trud-berg, notre voisine. Elle s'assoit et s'assoit avec nous dans la cuisine à chaque fois, comme si elle était enchaînée à la chaise. Je dis quoi? Dès que maman ouvre la porte d'entrée, le corps de la grosse femme tourne autour de l'entrée et court droit vers la chaise de la cuisine. Dès qu'il se tient devant elle, il tombe lourdement sur le siège de la chaise et halète de manière audible. D'après le bruit de la chaise, je peux voir que ce meuble ne doit pas fonctionner particulièrement bien compte tenu du poids.

Rien avec l'heure de sommeil prévue avec ma mère. Merci et pas de lit. Je parie que la question de Mme Trudberg est sur le point de se poser: „Comment vas-tu, chère Susan?" Oh oui, j'ai oublié de dire ça. Mes parents ont choisi le nom de Susan pour moi. Je suis une fille, je sais. Maman et papa ont découvert un médecin qui cherchait une zone spécifique de mon corps avec un appareil technique et l'ont probablement trouvé. Parce qu'à partir de cette recherche, ils m'appellent Susan. Pour revenir à mes pensées sur la façon dont je suis entré dans l'estomac de maman. Très sérieusement. Comment suis-je arrivé là?

Peut-être que cela a quelque chose à voir avec les touches violentes de papa sur le corps de maman? Elle n'hésite pas quand papa y va vraiment. Je le réalise. Au contraire! Votre sang commencera à bouillir et votre cœur battra si fort que j'en ai très peur. Que dois-je faire pendant ce temps? Ils ne me demandent pas si cela me plaît ou non.

Et si ma supposition est correcte? Eh bien, je ne veux pas attendre ça. Ici dans ma baignoire, dans le ventre de maman, c'est trop serré pour moi. Et si une petite Susan, comme moi, venait à moi à travers le désordre de maman et papa? Eh bien, la peur diminue. Cela ne doit vraiment pas être comme ça. Même si? Ensuite, nous pourrions jouer par paires.

Est-ce que je veux voir le visage de ma mère si je commence vraiment par l'autre Susan dans notre baignoire partagée? Eh bien, c'était juste une pensée.

Quelque chose me tire de temps en temps. Ça ne fait pas mal, pas vraiment! Mais c'est une sensation étrange. Et en bas du tout? Quand je jouais, je n'ai pas vraiment remarqué qu'il y avait quelque chose comme le fond de ma baignoire.

Si je suis attiré par ce domaine, je ne sais pas comment le décrire. J'ai peur, oui! Du moins c'est ce que je ressens. Voulez-vous juste savoir ce qu'il y a là-bas? Je me sens mieux près du cœur de maman, c'est-à-dire là-haut, et j'ai aussi plus d'espace là-bas.

Et de toute façon. Je dois dire ça. Les puissants mouvements cardiaques de maman éliminent toute peur. Vraiment! C'est comme s'il voulait me dire à chaque battement de cœur: „Je t'aime beaucoup et je te protège! Tu n'as pas besoin d'avoir peur dans mon estomac." „Parfois, les signaux me viennent si aimants et roses, comme s'ils voulaient me dire à quel point mes parents m'aiment infiniment et que je suis fermement ancré dans leur cœur."

Partout où je vais maintenant, cela devient plus étroit pour moi. Je vais me présenter à maman pour qu'elle puisse voir ce qui m'arrive. Je ne veux pas aller dans cette direction. Tu ne sais pas ce que je suis censé faire? D'une manière ou d'une autre, maman est occupée à d'autres emplois et pleure parfois aussi. Je suis sûr qu'il a mal. Je sens que! Pourrais-je être le coupable? C'est peut-être parce que je me tire sans relâche. Enfin, papa est là. Il veut aller directement à l'hôpital de la ville avec maman. Ça aussi! Je ne suis vraiment pas désolé pour ça. Ou oui! Je me sens bien. Sauf pour le tiraillement douloureux au fond de ma baignoire. Et maman, d'après ce que je peux ressentir, rien ne manque. Bien qu'elle crie violemment de temps en temps et s'accroche au ventre. Je sens ta main, elle est très tremblante. Honnêtement, je ne comprends plus tout cela. Grâce à Dieu. Cela ne me pousse plus vers le bas. Au moins pas encore. C'est étrange pour une petite personnalité comme moi. Comment une petite fille comme moi devrait-elle savoir? Ma mère a souffert sur le chemin de l'hôpital. Je suis monté et descendu dans mon bain chaud. Cette journée n'est pas non plus si agréable. Je veux juste dire.

Et encore une fois, l'estomac de ma mère se serre. Si je peux exprimer cela avec beaucoup de considération. Je pense que maman a dû se coucher. Chaque fois qu'elle se couche, du moins ces derniers temps, le ventre de ma mère est très serré.

Par exemple, atteindre un équilibre n'est plus possible. Ce serait mieux si vous vous leviez et décidiez de faire une promenade tranquille.

Les légers mouvements de maman sont transférés vers son ventre et, bien sûr, vers moi. C'est un swing agréable et bénéfique à chaque fois.

Aucune des belles expériences et démolition ne recommence. Quelqu'un attire-t-il quelqu'un qui m'est inconnu et veut me pousser quelque part sans me demander si je le veux et l'aimerais aussi? Dès que je commence à montrer des mouvements vigoureux de mes bras et de mes jambes, l'estomac de maman appuie sur moi avec des mouvements vigoureux.

Oh mon Dieu, maman hurle encore de douleur. Espérons que papa est à proximité pour demander de l'aide médicale. Je ne suis pas particulièrement bien non plus, et si je pouvais crier, je le ferais. Je suis inexorablement abattu par une force sauvage. Je ne peux vraiment pas l'arrêter. Même si je le voulais. Et c'est encore pire.

Il fait soudain très froid pour moi. Ma piscine confortable et chaude perd de l'eau. C'est impossible! Je ne sais pas qui s'est déconnecté ici. Du moins pas moi. Sans ma belle eau chaude? Comment suis-je censé vivre dans le ventre de maman?

Maintenant, ma tête est trop serrée. Ça fait vraiment mal. Je ne veux pas en dire plus

Je ne peux plus rien bouger. Mes jambes et mes mains

sont fermement pressées contre mon corps et le remorqueur sauvage ne s'arrête pas non plus. Dois-je mourir maintenant peut-être? Est-ce ainsi que je suis attiré, le chemin de la mort?

S'il vous plaît, mon Dieu, non! Ce serait terrible, et pour ma mère aussi? Non, non, ne le faites pas! Pour l'amour de Dieu, non! Pourquoi crie-t-il si terriblement fort? Cher Dieu, s'il vous plaît, s'il vous plaît! Si l'un de nous doit mourir, prenez-moi! S'il te plaît prends moi! Comment papa devrait-il vivre sans maman?

Bien! Soudain, tout est parti! Je n'ai pas de douleur Maman ne pleure plus et je peux à nouveau bouger la tête, les bras et les jambes. J'ai si froid à ce sujet. Si je peux le dire. Tout autour de moi est une lumière vive. Cela aveugle mes yeux. Vous vous demandez ce qui va m'arriver maintenant? Mon petit cœur a des crampes et ma douleur s'aggrave. Je n'en peux plus!

Des mains fortes me tiennent sur le dos et les jambes. Oh! Maintenant, quelqu'un me frappe les fesses. Alors maintenant c'est assez! Je suis juste une petite fille. Tu es fou? La peur ne me libère pas et me torture terriblement. Est-ce que c'est de l'enfer dont mon père parlait parfois et à quel point ça devrait être effrayant?

Soudain, je sens quelque chose de puissant et de vivant se rassembler dans ma petite poitrine et à la recherche d'un chemin. Je lève mes petits bras de toutes mes forces, j'ouvre la bouche autant que possible et mon grand appel à l'aide se précipite à travers la pièce et cherche le chemin de ma très chère mère: Maaamiii!

Les mains fortes qui me tiennent doucement me mettent dans les bras de ma mère. Je sens un léger coup quand je pose ma petite main sur sa poitrine, les battements de cœur de ma mère. Il m'a donné tout le temps dans son ventre chaud l'amour, la confiance et la force d'être là où je suis maintenant.

Les lèvres de papa sur mon front et la chaleur potelée de maman. Quelle journée infiniment heureuse. Je ne l'oublierai pas de toute ma vie.

„*La taille et le progrès moral d'une nation peuvent*

être mesurés par la façon dont elle traite

aux animaux "

Mahatma Gandhi

Mon cochon domestique Hansi

Par la froide nuit de novembre, enveloppée dans un grésil inconfortable, elle plane sur Mussbach. Une petite ville au pied des montagnes métalliques.

L'hiver arrive déjà plus tôt cette année. Espérons que les choses s'amélioreront demain, pense Klaus. Vous pouvez dormir le lendemain.

Je loue la boulangerie de mes parents. Grâce au grand four, il fait toujours chaud dans notre maison. Peu importe le temps qu'il fait. Il est vrai qu'en été il fait parfois trop chaud dans la maison. Mais mieux que d'avoir à geler dans le froid.

Le système de chauffage de l'école est cassé. L'aidant dit et doit être réparé. Le directeur a organisé une semaine gratuite pour tous les étudiants. Le partenaire de la boulangerie réveille Klaus de son sommeil. Il est quatre heures du matin. Son père met ses soixante premiers morceaux de pâte au four pour des pains fermiers ronds. Pensant pas particulièrement tentant de devoir se lever si tôt tous les soirs, Klaus ne pense pas. Je n'apprendrai jamais un tel métier. Que mon père le veuille ou non. Avec ces pensées, Klaus se tourne de l'autre côté et continue de dormir.

L'odeur alléchante des muffins frais et le doux parfum de tarte aux fruits et de bretzels réveillent Klaus de son sommeil. Après une escale pour un petit lavage de chat dans la salle de bain, elle s'assoit à la table du petit déjeuner avec ses parents. Ce rituel de petitdéjeuner commun fait partie intégrante de votre tête.

Sa mère essuie le dentifrice de sa bouche avec un petit sourire et dit: „Vous pouvez être utile aujourd'hui et m'aider à nettoyer la cuisine. Dans le magasin, vous devez remplir les étagères de produits de boulangerie frais. Tu as les prochains jours en dehors de l'école." „Pas de problème, maman, mais d'abord je vais m'occuper de notre Hansi, son estomac va sûrement grogner."

D'une manière ou d'une autre, ses parents semblent soudainement si déprimés lorsque le discours parvient à Hansi. Klaus ne sait pas ça de ses parents. Hansi n'estil pas malade? Non, c'est presque impossible. Il le savait. Ah, peu importe! Je vais chez Hansi pour le moment, murmure Klaus pour luimême. Il fourre rapidement les restes du rouleau de confiture dans sa bouche, essuie ses mains sur son pantalon au grand mécontentement de sa mère, et se dirige vers l'écurie.

L'une de ses tâches quotidiennes est de nourrir Hansi, le cochon domestique de la famille et son ami. Ses parents lui ont donné Hansi pour Noël. Bien sûr, en tant que tout petit porcelet. Comme un gros cochon, cela aurait été un mauvais cadeau pour lui. Klaus a été autorisé à choisir le nom. C'était peutêtre une surprise pour lui quand le petit fugitif est sorti du panier et a traversé le salon à toute vitesse, a failli courir sur le sapin de Noël et seul son père a pu le rattraper avec beaucoup d'efforts.

Grâce aux bons soins de Klaus et au soutien affectueux de ses parents, ce petit Quiekser est devenu un grand cochon domestique après quelques mois. Dans une boulangerie, quelque chose tombe toujours tous les jours. Hansi aime manger du vieux pain, des petits pains et des bords de gâteau. Leurs pommes de terre bouillies au lait, bien brassées et légèrement chauffées, sont indéniablement ses plats préférés. Cela frappe tellement que vous voyez non seulement votre appétit, mais aussi que vous l'entendez.

Sur le chemin de son écurie, Klaus rencontre un homme trapu en blouse blanche à la ferme. Eh bien, pensez, un homme étrange tôt le matin? Que faites-vous sur notre ferme? Je ne l'ai jamais vu ici en ville. Il marmonne doucement pour lui-même. Il demande avec hésitation à cet homme et à son supposé vétérinaire, eh bien, pourriez-vous le croire quand même:

„Mon Hansi estil malade?" Non, non! Tout va bien avec la truie. Et avec un sourire sur son visage, il dit": „Le cochon va bien et Hansi est un bon nom pour votre ami." „Oui, c'est notre cochon domestique et un grand compagnon de jeu pour moi!" „Pas toi! „Inquiétezvous inutilement! Tout va bien avec votre Hansi. Il a bien grandi et est également gros."

Hansi sort par la porte ouverte de l'écurie vers la ter-race dans la cour. Lorsqu'il reconnaît Klaus, il veut courir vers lui, mais un homme le dirige avec un bâton vers la terrasse en direction du soidisant vétérinaire. Un autre inconnu, je ne le connais pas non plus! Eh bien, cela devient de plus en plus beau!

Le vétérinaire présumé s'approche de Hansi, lui parle à voix basse, se gratte la tête, le cou et derrière ses oreilles. Mon ami semble également aimer tout cela. Klaus marmonne dans sa barbe pour lui-même. Cela le dérange de plus en plus ce que les deux hommes font de leur Hansi. Il se tient immobile et grogne joyeusement pour luimême. De son autre main, le manteau blanc tient un cylindre métallique d'environ 20 cm de long sur le front de Hansi.

Qu'estce que c'est censé être? Klaus pense, et toute l'agitation de ces deux hommes n'a tout simplement pas de sens. Mais maintenant c'est assez, pensetil avec colère. Je vais immédiatement demander à mon père de quoi il s'agit. Vous devez savoir ce que les deux hommes font avec mon Hansi ici sur notre ferme. Il se détourne des hommes étranges et de Hansi et se dirige vers la porte d'entrée.

Une forte détonation, comme celle d'un pistolet, frappe soudainement l'air. Klaus s'arrête, surpris, se tourne vers les deux robes blanches et voit Hansi allongé par terre dans des convulsions. Un couteau à la main, l'un des deux hommes coupe le cou de Hansi. Le sang jaillit de la grande plaie et rend immédiatement la terrasse rouge.

La vue est insupportable pour Klaus. Ses genoux se mettent à trembler, son estomac se rebelle et le vertige dans la tête, il rampe avec une force énorme et tout son corps tremble dans le jardin de peur de son ami. Il rampe complètement hors de son esprit sous un tas de bois et ne veut plus rien voir ni entendre. Votre estomac ne peut pas se calmer non plus. Il doit vomir.

Les cris de peur de son âme blessée traversent son corps et ils ne veulent pas se calmer. Juste à l'extérieur de cet horrible endroit, pense-t-il avec difficulté. Votre ami Hansi doit mourir, comment pouvezvous continuer sans lui? L'obscurité l'enveloppe et lui fait oublier le présent. D'un point de vue protecteur, il emmène ses pensées tourmentantes dans un autre monde.

Quand il se réveille, il se couche dans les bras de son père. Sa mère, les larmes aux yeux, lui serre les mains. C'est calme dans la chambre! Klaus ressent la chaleur et l'affection de ses parents. Son état physique et mental est encore faible pour parler à son père et à sa mère de la mort de Hansi. Le rêve l'emmène dans un autre monde et laisse ses pensées se reposer. Comme chaque matin, l'arôme vous réveille de la boulangerie. Aujourd'hui, il lui est particulièrement difficile de se lever. L'expérience d'hier pèse lourdement sur votre cœur et votre âme. Tout ce que vous aviez à regarder est fermement stocké dans votre tête et ne peut être réprimé.

Pleurer pleurer secoue votre corps et ne vous laisse pas vous reposer. Il lui est difficile de ramper dans la salle de bain pour calmer son visage herbeux avec de l'eau tiède. Son père entre inopinément dans la salle de bain, le prend dans ses bras et le porte dans la cuisine.

Quelque chose ne correspond pas au rituel du petit-déjeuner d'aujourd'hui. Sa mère est déjà assise à table avec un visage en larmes. Son père le met sur le banc d'angle pour qu'il puisse s'asseoir entre lui et sa mère. Ils ont l'air déprimés et tristes et son père se tourne vers lui avec un visage pensif.

„Nous ne vous donnerons plus jamais un animal et le tuerons pour une raison quelconque. Je le promets!" Ma décision de tuer Hansi n'était pas correcte! Je ne peux pas te rendre ton cher ami, autant que je le voudrais, Klaus. Tu dois me croire. Peutêtre pouvonsnous trouver ensemble un moyen de sortir de cette terrible situation. Croyez-moi, tout me déprime vraiment, moi et votre mère. „Klaus ne récupère pas Hansi et sent qu'il n'est pas seul avec sa douleur. Avec la promesse de son père et de sa mère qu'il ne tuerait plus jamais un animal appartenant à la famille, ses parents le libèrent d'un lourd fardeau."

Klaus est assis seul à table pendant un moment. Son père est de retour à la boulangerie et sa mère fait la vaisselle. Il est responsable du séchage. Ce n'est pas forcément son activité préférée, mais il le fait parce qu'il aide sa mère au travail.

Tout ce que le boucher et son assistant ont fait de Hansi est livré à la famille et aux amis.

Les jours restants passent comme un rêve. Klaus n'est toujours pas scolarisé et prévoit de créer une commande dans le jardin pour l'hiver prochain. Le jardinage vous distraira sans aucun doute de vos expériences avec Hansi, et il rangera la grange pendant le weekend.

Samedi, un jour où la boulangerie de votre père est toujours occupée, vous ne pourrez certainement pas l'aider dans l'écurie. Quoi qu'il en soit, pense Klaus, je vais fouiller la maison de Hansi.

À quoi ressemble l'écurie? Le tout plein de paille et de foin. Comment cela se faitil ici? N'y a-t-il pas quelque chose qui grince? Je ne peux donc pas utiliser de souris ici. Laissezles aller à la grange. C'est curieux, dans le coin, qu'estce qui est secoué de la paille, ontils l'air de deux longues oreilles? Certes, les cobayes ne le sont pas. Je sais beaucoup de choses, pense Klaus. Ne pas! Un lapin! Et encore un! Hourra, j'ai deux lapins!

Deux mains reposent sur ses épaules et le tiennent. C'est son père! Devriezvous aller chez nos voisins et demander au père de Gottfried s'il peut vous donner un sac de foin et un petit seau de grains de blé? Merci pour les deux lapins. Il vous l'a donné. Maman te donne des carottes et de la salade. „Oui, papa!" „Quand tu as fini ton travail, tu peux m'aider à la boulangerie!"

Malgré la douleur de Hansi, il est très heureux. Les petits porcelets avec leur ami Gottfried aident également à supporter sa douleur.

Il faudra un certain temps avant que les blessures de son âme et de son cœur ne guérissent. Les deux lapins, bien sûr, ne peuvent pas remplacer leur Hansi mort, mais ils deviendront certainement de bons amis. La promesse de ses parents de ne plus jamais tuer un animal de compagnie l'aidera à surmonter le chagrin de la mort de Hansi et à rester intrépide et indifférent à propos de ses deux nouveaux compagnons de jeu.

Le chariot à lait

Où est la voiture de lait aujourd'hui? Se demande Klaus. Cela aurait dû être là il y a longtemps. C'est la seule grande voiture de transport, à l'exception de la petite voiture de son père, qui apporte un peu de bruit de la circulation en ville.

Soudain, des bruits de moteur se font entendre dans l'air. Enfin, pense Klaus, le chariot à lait arrive. Nos agriculteurs de la ville veulent se débarrasser de leur lait. Les vaches ne demandent pas si c'est un dimanche, un jour de semaine ou un jour férié. Ils veulent être traites tous les jours, et si le lait ne devient pas acide, il doit être apporté rapidement à la ferme laitière de la ville voisine.

D'abord les pneus hurlants d'une voiture, puis les cris horriblement terrifiants attachent ses pieds au sol stable. Vous devez aider immédiatement! Cela lui frappe la tête. Les pieds veulent juste se déplacer à contrecœur vers la rue, comme s'ils se doutaient déjà à quoi s'attendre là-bas.

Le chariot à lait se trouve en face de l'entrée de la boulangerie. Le chauffeur du camion se tient à la porte du conducteur, stupéfait, tout simplement incapable de bouger.

Dans la rue, sur la grande roue avant du chariot à lait, un petit corps humain. Le visage est terriblement défiguré et couvert de sang. Malgré les blessures à la tête, Klaus reconnaît son ami Gottfried.

Ses cris sont épouvantables et son corps tremblant est une image d'horreur. Klaus le ressent non seulement avec son cœur, mais aussi avec chaque fibre de son corps. OMG que puis-je faire pour aider Gottfried? Des pensées tournent dans sa tête et il demande de l'aide dans le besoin. Avec un effort et un grand effort, mais avec le plus grand soin possible, il soulève son ami et le traîne à la boulangerie avec ses dernières forces. Le sang chaud du cou de Gottfried éclaboussa son visage et les mains de son ami se resserrèrent sur son dos, palpitant sauvagement.

Klaus doit donner une image terrible avec Gottfried dans ses bras. Son père court rapidement vers son fils, lui arrachant doucement Gottfried et le mettant sur la table de cuisson. En même temps, il appelle sa femme pour appeler le service médical d'urgence immédiatement, immédiatement!

Une grande quantité de sang coule du côté droit du cou de Gottfried, la table de cuisson est immédiatement tachée de rouge. Klaus ne peut plus absorber tout cela mentalement. Il devient noir devant ses yeux, s'effondre et reste blotti immobile sur le sol.

La première chose qu'il remarque est une blouse blanche et le visage sérieux d'un homme plus âgé aux cheveux gris. Cette fois, il est vraiment médecin. Regardez Klaus sérieusement avec des yeux calmes, prenez ses bras dans ses mains et parlez à voix basse: Vous et vos parents avez sauvé la vie de leur ami Gottfried avec son aide rapide. Sans son action immédiate, son ami aurait saigné à mort. Gottfried a été grièvement blessé dans l'accident de voiture. La lésion de l'artère carotide met la vie en danger. Dieu merci, nous avons pu arrêter le saignement à temps. Les autres blessures graves sont très graves, mais Dieu merci, pas pour votre ami.

Même les terribles blessures au visage, aussi terribles qu'elles paraissent, guériront à nouveau. Il restera probablement quelques petites cicatrices. « Je pense que votre ami pourra retourner à l'école dans environ trois mois. Vous pouvez visiter Gottfried avec vos parents à l'hôpital la semaine prochaine. »

Quand le médecin dit cela, ses yeux sourient. Il prend Klaus dans ses bras et lui dit au revoir.

Un cri de joie s'échappe de sa poitrine torturée et repousse la forte tension émotionnelle et l'événement terrible. Klaus a appris quelque chose sur la vie. Avec son jeune esprit, elle pouvait comprendre et sentir avec son cœur qu'il y a des jours dans la vie qui peuvent tout changer.

„Je vous dis cela en adieu: écoutez l'oiseau! Écoutez la
voix qui vient de vous! Si elle se tait, cette voix sait
que quelque chose ne va pas, que quelque chose
ne va pas, que vous êtes sur le mauvais
chemin. Mais s'il chante et parle
votre oiseau le suivra à chaque
température et dans le plus
lointain et le plus froid
solitude et vers la
destination la
plus sombre "

Hermann Hesse

Une conversation avec la voix intérieure

„La connexion à l'être intérieur, l'être en nous, est la seule base sûre sur laquelle vous pouvez construire ta vie "

Swami Sivananda Radha

L e matin tomba sur le lit d'Helmut à six heures du matin. Comme tous les jours. Autoritaire et inconditionnel! Même son nom est le même tous les jours: Helmut Fedderson. Toujours Helmut Fedderson. Pas Gustav Fedderson! Ce ne serait pas si mal non plus. Estce que tout dans ma vie doit fonctionner comme sur des roulettes? Ni trop lent ni trop rapide! Toujours gentil et régulier! Tout est dégoûtant, pense Helmut d'un air boudeur.

Vous ne voulez vraiment pas ça. Une portion de variété et parfois une ou deux actions spontanées feraient du bien à votre vie. C'est en fait plus pour un style de vie détendu et informel. Je veux juste savoir qui est responsable de cette régularité tenace dans ma vie quotidienne? Du moins pas moi, c'est sûr.

„Bonjour Helmut, tu essaies de me forcer à faire une discussion inutile?" Qu'estce qui se passe dans ma tête? Ou mieux, qui est dans ma tête? En fait, je suis réveillé et avec ma tête, j'espère que tout va bien. Comme vous le savez, demander ne coûte rien, pense-t-il avec curiosité.

„Bonjour, estce que quelqu'un ici veut me forcer à avoir une conversation?"

„Je ne t'impose rien, mon cher Helmut, mais je vais m'occuper du comportement ordonné dans ta vie, et cela pendant longtemps." „Oh non?" „Mais oui!" Est-ce si discret? Au moins, je n'ai rien remarqué à propos de vos activités. Du moins pas jusqu'à aujourd'hui!" „Ditesmoi, Helmut, comme exemple de beaucoup d'autres, vous n'avez toujours pas réalisé que vous aimez être le matin, surtout si le matin ne veut pas se montrer. Le côté ensoleillé veut rester dans ton lit, comme aujourd'hui, au bureau ou pas!" „Mon Dieu, ça arrive! Qu'y a-t-il d'inhabituel?" „Que signifie ici inhabituel? Et bien tu es drôle! Moi, votre conscience, vous pouvez aussi me dire que, si vous aimez plus ça, je vous ai dans ces moments de doute où vous délibérez: je me lève et vais au bureau ou je préfère rester au lit pendant un moment - toujours mentalement soutenu et stimulé moralement pour remplir ses devoirs professionnels dans le bureau." „Oh quoi?"

„Alors, tu m'as fait sortir de mon joli lit chaud? C'est faux avec toi!" „C'est possible, Helmut, c'est possible! Mais vos collègues sont en quelque sorte reconnaissants pour cela!" „Alors, êtes-vous responsable de ma vie?" „Il est vrai que ce n'est pas toujours facile pour vous. En fin de compte, vous êtes toujours perspicace et suivez mes conseils." „Que signifie le conseil ici? Vous voulez dire vos commandes!" „Je veux juste te dire du bien." Tu ne peux même pas partir en vacances? Je ne me sens pas bien aujourd'hui. Ma tête est chaude comme une pomme de terre. Il n'y a aucun endroit dans mon corps qui ne cause pas de douleur. Je n'ai pas envie de courir au bureau simplement parce que tu penses que c'est juste. En tant que ma voix intérieure, vous devriez le savoir! Pourquoi ne pensezvous même pas à ma santé? Vous n'avez pas à penser à mon style de vie. Je le ferai moi même!"

„Oui, Helmut, bien sûr que vous avez raison, et le résultat de mon examen n'est pas bon pour votre corps." „Que voulezvous dire?"

Et encore une fois sa voix intérieure est silencieuse. Helmut est devenu inquiet des mots et se demande ce que sa voix intérieure dira.

„Tu dois aller à l'hôpital tout de suite!" „C'est la dernière chose que je vais faire! Et pourquoi? Pourquoi devriez-vous faire cela?" „Lors de son dernier voyage d'affaires au Sénégal, il a contracté une maladie pulmonaire dangereuse. La maladie est appelée ARDS. Les médecins disent: „insuffisance pulmonaire aiguë et progressive" ou choc pulmonaire." Pendant un moment, il y eut un silence fantomatique dans sa tête, comme s'il ne rêvait que depuis quelques minutes.

„Oui, Helmut, bien sûr que vous avez raison, et le résultat de mon examen n'est pas bon pour votre corps." „Que voulez-vous dire?" Et encore une fois sa voix intérieure est silencieuse. Helmut est devenu inquiet des mots et se demande ce que sa voix intérieure dira.

„Tu dois aller à l'hôpital tout de suite!" „C'est la dernière chose que je vais faire! Et pourquoi? Pourquoi devriez-vous faire cela?" „Lors de son dernier voyage d'affaires au Sénégal, il a contracté une maladie pulmonaire dangereu-se. La maladie est appelée ARDS. Les médecins disent: „insuffisance pulmonaire aiguë et progressive" ou choc pulmonaire."

Vous pouvez avoir inhalé des gaz dans l'entreprise où vous avez travaillé pendant une période de temps qui sont très nocifs pour vos poumons. La maladie met votre vie en danger. „Vous devez appeler immédiatement un service médical d'urgence. Je ne peux pas faire ça pour toi, même si je le veux."

„Ça va de mieux en mieux!" „Si vous ne pouvez pas faire ça, vous suffoquerez ici dans votre appartement et je me débarrasserai de mon travail avec vous." „Ne pensez pas que pour moi en tant que célibataire tôt le matin, tout est beaucoup une fois?" „C'est déjà possible, Helmut. Je ne peux pas changer cela même si je le voulais. Je ne peux que vous aider spirituellement."

Et encore le matin vient au lit d'Helmut. Aujourd'hui timide et compatissant, pour ne pas le déranger au lit. Réveillés, les yeux d'Helmut capturent une pièce de taille moyenne sans fenêtre. Des équipements techniques et des moniteurs sont installés partout sur les murs. Ses oreilles entendent des sifflements réguliers, ce qui le rend agité d'une manière très déprimante. Les bras sont attachés à gauche et à droite du lit. Il y a un tube dans votre bouche à travers lequel de l'air frais est régulièrement pompé dans vos poumons et l'air utilisé est à nouveau éliminé.

Audessus de lui, attaché à un poteau, se trouve une grande bouteille avec un tube qui mène à son bras gauche et se trouve probablement dans une veine.

Quelque chose a dû arriver à mes poumons. Qu'estce que ma voix intérieure a dit? „Insuffisance pulmonaire aiguë ou progressive ou choc pulmonaire."

Puis le mot petit-déjeuner lui vient à l'esprit. Pas étonnant, le matin n'a pas encore dit au revoir. Comment êtesvous censé prendre votre petitdéjeuner lorsque vous avez la pipe dans la gorge? Si vous le supprimez, vous devrez peutêtre suffoquer. Si vous laissez le tube dans vos poumons, votre estomac ne sera pas excité.

Une infirmière ne serait certainement pas mal dans cette situation. Mais comment doisje organiser cela? Il ne peut pas appeler, la pipe est dans sa bouche. Et vous ne pouvez rien faire de vos mains. Ils sont attachés au lit.

Helmut est sur le point de s'effondrer et sa voix intérieure ne répond pas pour l'aider dans cette situation désastreuse. Quel est le dicton approprié: „Et même si le besoin est si difficile, un peu de lumière vient de quelque part."

Cette fois sous la forme d'une jolie infirmière brune, qui ne vous intéressera guère dans votre situation actuelle. L'essentiel est de soulager votre douleur, que vous pouvez à peine supporter.

„Bonjour, M. Fedderson." La voix calme le sort de son humeur dépressive. Je suis sœur Helga et je suis responsable d'elle. Comment tu te sens? „Amusant, vraiment amusant! Comment suis-je censé parler à la pipe dans ma gorge? Eh bien, j'essaye de bouger ma tête vers la gauche et vers la droite. Elle comprendra ce que je dis."

„Je vous comprends!" Bien sûr, ils ne sont pas bien dans cette situation. Il a été emmené dans notre unité de soins intensifs pour une maladie pulmonaire potentiellement mortelle et a besoin d'une ventilation mécanique. Ne vous inquiétez pas, ils ne mourront pas de faim. Ils reçoivent des liquides et des médicaments, en particulier ceux pour soulager la douleur, dans des tubes dans leurs bras gauches. Je vais sucer ses poumons toutes les deux heures. Je vais le faire très soigneusement, mais la douleur ne peut être complètement évitée. Notre médecin en chef, le Dr Weber, vous parlera d'un traitement supplémentaire cet aprèsmidi. Je la laisse seule maintenant!

S'il y a une situation médicalement menaçante avec eux, je peux le dire grâce aux bips. Ne vous inquiétez pas inutilement et essayez de dormir. Comment dormir? Pense Helmut de mauvaise humeur. Quand il était encore en bonne santé au lit à la maison et que le réveil sonnait tôt à six heures, il y serait resté encore ou encore. Mais ici au lit? Non merci!

Si vous fermez les yeux pour dormir, cela ne durera pas longtemps. S'il rouvre les yeux, il voit une couverture blanche et du matériel technique accrochés au mur. Une fenêtre à regarder? Vous plaisantez j'espère? Êtes-vous sérieux quand vous dites cela? La pièce dans laquelle il se trouve doit être isolée. Il souffre d'une maladie très contagieuse et dangereuse.

Une voix masculine interrompt sa mélancolie. «Bonjour, M. Fedderson. Je m'appelle le Dr Weaver. Son appel d'urgence leur a sauvé la vie. Vous avez contracté une maladie pulmonaire rare. Le taux de mortalité, c'est-à-dire la proportion de décès par rapport au nombre de maladies, est encore relativement élevé, mais nous sommes sûrs qu'ils s'amélioreront à nouveau.“

„Grâce aux progrès de la thérapie de soutien au cours des dernières décennies, le taux de mortalité a chuté de façon spectaculaire. Ne vous inquiétez pas, ils sont entre de bonnes mains avec nous. Dans environ douze semaines, ils rentreront chez eux en toute sécurité."

Quel message Vous voudriez remercier le médecin, mais avec le tube dans la gorge, ce n'est pas possible. En pleurant de joie, réfléchissez à la manière dont votre vie future va changer. Bonjour, ma chère voix intérieure. Êtes-vous toujours là ou vous êtes-vous effondré. de mon corps? Helmut appelle mentalement sa voix intérieure." „Comment peux-tu penser à moi, Helmut? „Sa voix intérieure répond. Et avec un grand soulagement."

„Un ordre consciencieux et fidèle chez une personne comme moi ne disparaît pas seulement, donc rien pour vous simplement parce que votre corps ne va pas si bien. En tout cas, je suis heureux que vous reveniez à une vie." ordonnée, que je vais bien sûr gérer et régler pour vous. „Oh, chère voix intérieure. En parlant de vie réglementée!"

Helmut organise son monde de pensées et revient à sa voix intérieure. „Connaissez-vous le terme disposition finale?" „Je sais, Helmut! J'entends rarement ce genre d'arrangement, mais je sais."

„A partir de maintenant, vous garderez la bouche fermée pour le reste de ma vie, vous ne donnerez plus d'ordres spirituels et vous écouterez calmement et bien pendant que je prends ma vie en main. Je peux enfin faire ce que je veux! M'as-tu compris?" „Je déteste faire ça, Helmut, mais j'ai compris!"

„Tout cela a aussi quelque chose de bon pour vous, ma chère voix intérieure. Vous en apprendrez beaucoup sur la vraie vie. Bien sûr, vous pouvez aussi me quitter et trouver une autre victime. Croyez-moi, ce sera excitant et intéressant pour moi. Nous espérons que le moment viendra."

„ C 'est fantomatique, chaque instant de la vie veut nous dire quelque chose, mais nous ne voulons pas entendre cette voix fanatique. Nous avons peur, quand nous sommes seuls et en silence, que quelque chose soit chuchoté à nos oreilles Alors nous détestons le silence et nous nous endormons "

Friedrich Nietzsche

„ Le seul tyran que je reconnais dans ce monde est la voix intérieure calme „

Mahatma Gandhi

„ Le train du cœur est la voix du destin "

Friedrich Schiller

Place Venceslas avec ses deux faces

Journées à Prague

Prague une belle ville aux deux visages

Tous les appels entrants doivent être bloqués la nuit. Ce serait si confortablement calme au lit, et les rêves sont restés intacts alors qu'ils erraient à travers le monde mystérieux de la vie spirituelle inexplorée.

„Bonjour Pavel, qu'est-ce qui est si important à cette heure de la nuit pour que ça te fasse sonner à la porte?" „Dis Christian, tu ne lis pas un journal, ne regarde pas la télé et n'écoute pas la radio?"

„Parlez-vous de vos efforts combatifs pour dé-développer les structures démocratiques dans votre pays d'origine?" „Et comme je connais bien votre attitude sur cette question, j'aimerais vous rencontrer bientôt ici à Prague. Bien sûr seulement dans la mesure où votre temps le permet?" „Tu aurais pu me dire ça demain matin aussi." „Excusez-moi, Christian, mon sang-froid a disparu de ma tête." „Ok, Pavel, j'arrive." „Je suis heureux Christian! Quand pouvez-vous être ici?" „Je vais démarrer ma voiture demain à midi et je serai avec vous à Prague en fin d'après-midi."

La nuit à Pavel n'est pas faite pour dormir. Les discussions ne veulent pas s'arrêter. Un petit déjeuner le matin et somnolent comme tout le monde, se rend au rassemblement de protestation sur la place Venceslas à Prague.

Ce qui suit après une heure de manifestations pacifiques des manifestants ne peut être comparé qu'à un terrible cauchemar. Christian n'a même pas reçu de gifle de la part de ses parents, ni de coups.

Des véhicules blindés de transport de troupes, des canons à eau et une multitude de véhicules de transport de troupes avec des policiers armés se rendent, quel que soit le trafic, délibérément à l'endroit où des milliers de manifestants se sont déjà rassemblés. Des voyous de la police et des soldats de l'armée attaquent brutalement la marche de protestation pacifique.

Christian est presque évanoui sous les coups des soldats. Avec d'autres manifestants, ils sont jetés dans un véhicule.

Après un court trajet, le véhicule de police freine et s'arrête. Christian ne voit rien, un sac sur la tête l'en empêche. Une porte s'ouvre. Le véhicule de police se rend dans une cour et s'arrête à nouveau. Avec des cris forts, bien sûr en tchèque, le plaignant blessé est sommé de sortir immédiatement de la voiture de police. Un vrai rugissement si ce n'était pas si grave.

Ce qui suit après une heure de manifestations pacifiques des manifestants ne peut être comparé qu'à une terrible jument de nuit. Christian n'a même pas reçu de gifle de la part de ses parents, ni de coups.

Des véhicules blindés de transport de troupes, des canons à eau et une multitude de véhicules de transport de troupes avec des policiers armés se rendent, quel que soit le trafic, délibérément à l'endroit où des milliers de manifestants se sont déjà rassemblés. Des voyous de la police et des soldats de l'armée attaquent brutalement la marche de protestation pacifique.

Christian est presque évanoui sous les coups des soldats. Avec d'autres manifestants, ils sont jetés dans un véhicule.

Ce qui suit après une heure de manifestations pacifiques des manifestants ne peut être comparé qu'à une terrible jument de nuit. Christian n'a même pas reçu de gifle de la part de ses parents, ni de coups.

Des véhicules blindés de transport de troupes, des canons à eau et une multitude de véhicules de transport de troupes avec des policiers armés se rendent, quel que soit le trafic, délibérément à l'endroit où des milliers de manifestants se sont déjà rassemblés. Des voyous de la police et des soldats de l'armée attaquent brutalement la marche de protestation pacifique.

Christian est presque évanoui sous les coups des soldats. Avec d'autres manifestants, ils sont jetés dans un véhicule.

Après un court trajet, le véhicule de police freine et s'arrête. Christian ne voit rien, un sac sur la tête l'en empêche. Une porte s'ouvre. Le véhicule de police se rend dans une cour et s'arrête à nouveau. Avec des cris forts, bien sûr en tchèque, le plaignant blessé est sommé de sortir immédiatement de la voiture de police. Un vrai rugissement si ce n'était pas si grave.

Puisque Christian ne comprend pas les cris, il reste là. Un policier le sort de la voiture de police et le jette au sol. Un autre policier retire la capuche de sa tête, l'attrape par la veste et le traîne comme un morceau de bois dans une pièce sans fenêtres. Là, il le jette sur un banc en bois et ferme la porte.

Quelque temps plus tard, le même policier arrive et frappe Christian, qui ne peut bouger qu'avec une grande douleur, comme une pièce à coups et coups puissants dans une pièce sale. Indépendamment de ses blessures, il retire des objets de son corps et le vaporise avec un jet d'eau froide pendant des minutes.

Après cette tournée de torture, il jette un paquet de vêtements sur le sol mouillé et, avec un grand rugissement, indique clairement de mettre ses vêtements.

Christian est allongé sur le sol de la cellule avec une couverture à la main et est épuisé quelques secondes plus tard et au bout de ses forces dans un autre monde.

Il est tard dans la nuit. Une lampe tamisée éclaire mat sur le plafond bas de la cellule et baigne la pièce d'une lumière diffuse. Christian retrouve lentement son chemin vers la réalité. Voir les hommes courir dans la cellule comme des ombres sombres. Deux d'entre eux sont assis sur son matelas et essaient soigneusement de nettoyer les blessures sur son visage avec un chiffon. Ces efforts, comme prévu, provoquent une douleur supplémentaire et vous rendent complètement éveillé.

Les événements de ces dernières heures tombent violemment sur sa conscience. Les cannes, les bottes et les poignets des policiers lui ont gravement blessé le visage et le corps.

Le visage est enflé. Christian voit tout à travers la brume. Sa douleur est atroce. Il lui est difficile de dire quelle partie de son corps n'est pas affectée. De sa voix cassante, il apprécie les quelques mots qu'il peut prononcer en tchèque et se présente à ses assistants. Ils font tous les deux la même chose.

„Je m'appelle Michael et je suis médecin." Le plus âgé des deux se présente. „Son état est catastrophique. Quoi qu'il en soit, c'est ma première impression de vous. Je ne peux pas évaluer d'éventuelles blessures internes. Il faudrait que je vous examine de plus près. Ce qui est impossible dans cette cellule de prison."

„Sa vie n'est pas immédiatement menacée, mais il doit être examiné d'urgence par un médecin. Dans quel combat brutal êtes-vous entré?" „Oui, c'est vrai! Moi et de nombreux autres manifestants pacifiques avons été brutalement battus, mais pour des raisons différentes de celles que vous pensez."

Et Christian commence à raconter ses expériences à la Wen-zelsplatz à Prague. Il y a un silence inhabituel dans la pièce. Vous entendez à peine le souffle des prisonniers. Certains essuient leurs yeux sur leurs manches. Personne ne dit un mot.

Bruits de fermeture soudainement forts. La porte de la cellule s'ouvre et deux gardiens de prison, chacun avec un bâton à la main, attaquent comme un buffle sauvage, hurlent et rugissent, et battent brutalement tous les prisonniers jusqu'à ce que chacun d'eux se couche sur son matelas avec les deux. les mains sur la tête.

Les policiers sont fiers de leurs actions, riant et se tapotant dans le dos avec approbation. Lorsque les deux policiers quittent la cellule, l'un d'eux donne un coup de pied à Christian dans le dos avec sa botte. Leurs cris de douleur ressemblent probablement à de la musique à ces flics. La porte de la cellule est fermée et avec leurs clés, ils frappent aux portes de la cellule pendant un moment.

Et encore une fois, les prisonniers cherchent une place dans cette petite cellule sombre pour se reposer. C'est la peur de la violence et de l'humiliation qui la fait pleurer. Un sommeil réparateur apporte la paix à chacun pendant quelques heures.

Encore un bruit de clés dans les portes de la cellule. C'est censé être le réveil du matin. Panteados par les passages à tabac nocturnes de la police, les détenus de Christian tentent de réparer leurs matelas. Michael tend douce-ment la main sous les bras de Christian et le soulève. „Christian, ton état est terrible!" „Michael, je dois aller aux toilettes de toute urgence." „Nous n'avons pas de salle de bain ici dans la cellule!" „Doisje appeler ces policiers?"

Michael prend le bras de Christian et le conduit dans le coin à côté du petit trou en filet dans le mur extérieur. Là, Christian découvre un seau en métal couvert. Main-tenant, il se rend également compte d'où vient la puan-teur terrible et insupportable des excréments dans la cellule. Peu importe comment vous respirez, avec votre nez ou votre bouche, vous devez vomir.

La porte de la cellule est fermée et avec leurs clés, ils frappent aux portes de la cellule pendant un moment. Et encore une fois, les prisonniers cherchent une place dans cette petite cellule sombre pour se reposer. C'est la peur de la violence et de l'humiliation qui la fait pleurer. Un sommeil réparateur apporte la paix à chacun pendant quelques heures.

Encore un bruit de clés dans les portes de la cellule. C'est censé être le réveil du matin. Panteados par les coups nocturnes de la police, les détenus chrétiens tentent de réparer leurs matelas. Michael tend doucement la main sous les bras de Christian et le soulève. „Christian, ton état est terrible!" „Michael, je dois aller aux toilettes de toute urgence." „Nous n'avons pas de salle de bain ici dans la cellule!" „Doisje appeler ces policiers?"

Michael prend le bras de Christian et le conduit dans le coin à côté du petit trou en filet dans le mur extérieur. Là, Christian découvre un seau en métal couvert. Maintenant, il se rend également compte d'où vient la puanteur terrible et insupportable des excréments dans la cellule. Peu importe comment vous respirez, avec votre nez ou votre bouche, vous devez vomir.

Il regarde Michael, incrédule, qui s'est discrètement éloigné de lui, puis regarde le cube dans le coin. „Non, Michael! Je ne peux pas! Réelement non! Nous ne sommes pas au Moyen Âge!" „Mais oui, Christian! Cela vaut particulièrement pour les prisonniers politiques. Aux yeux du gouvernement de notre pays, nous sommes des traîtres, des ennemis de l'État et des collaborateurs!"

La RFA achète des prisonniers politiques à la prison de RDA. Vous n'avez pas à souffrir beaucoup dans une prison. „Qu'avons-nous fait pour être traité comme ça, Michael?" „Quels sont ces politiciens qui gouvernent si inhumainement?

Ne me regarde pas comme ça, Christian! Devant vous, il y a un héros avec ses compagnons de cellule qui veulent changer ça et où en sommes-nous? Dans une prison de Prague. Tout ce que vous voyez ici dans cette cellule rêve et lutte pour un changement politique dans notre pays. Quelle tragédie humaine, pense Christian tranquillement. Et il voit les événements du Printemps de Prague sous ses yeux comme dans un documentaire. Les dernières pensées sur lesquelles vous essayez délibérément de travailler dans votre tête sont plus que décourageantes.

Il y a aussi une lumière sur ces mauvaises perspectives. Chris-tian réfléchit vigoureusement à ce qui va arriver. Interrogar, condamnez, prison! Avec un peu de chance, expulsion vers la RFA.

Christian est conscient que les jours de Prague changeront fondamentalement son attitude à l'égard de la politique des États socialistes et de leur vie future.

Vous devez vomir et perdre connaissance. Une consolation pour lui de ne pas avoir à penser à ce qui va se passer dans les prochains jours. Des expériences que vous n'oublierez certainement pas de sitôt.

Personne ne penserait que les moines tibétains n'avaient aucune idée du libéralisme économique et leur rébellion contre l'occupation chinoise était inutile car un système totalitaire ou autoritaire ne pouvait pas être amélioré.

Si vous n'avez pas la liberté, vous ne pouvez certainement pas manquer de tête pour y parvenir, mais vous ne pouvez pas vous permettre la sagesse de la chaise. Les réformateurs de Prague et ceux qui voulaient aller plus loin ont donc certainement commis un certain nombre d'erreurs; Mais pour sa défaite du 21 août, la constellation politique mondiale et la prétention au pouvoir de Moscou ont été décisives. Dans les premiers mois de 1968, une forte brise soufflait à travers le pays, encourageant les gens. Deux ans plus tard, après avoir permis à un demi-million de personnes de fuir vers l'ouest, le pays s'est „normalisé" pendant près de deux décennies. Les frontières ont été resserrées et les gens ont été réduits au silence.

The New Zurich Times

Si tout semble aller contre vous, rappelez-vous qu'un avion décolle contre le vent,

et pas avec lui „

Un dicton populaire

Un vol incertain

*„Depuis qu'il y a des gardes-frontières, des barbelés et des
champs de mines, les gens ont pu voler „*

Dietmar Dressel

Quelle belle et chaude après-midi de septembre dans le centre de Leipzig. Ce serait mieux si nous nous retrouvions au bar des pingouins, pense Joachim, et continue de marcher vers le podium Erdener. Un restaurant dis-crètement meublé au milieu de la vieille ville de Leipzig et avec une excellente cuisine.

Pendant la Foire d'automne et de printemps de Leipzig, il n'est pas si facile de trouver une place dans cet endroit populaire. Espérons que Petra a déjà réservé deux places, sinon il sera difficile de discuter d'un plan d'évacuation debout et à jeun. Mon estomac serait heureux si j'avais quelque chose de savoureux à manger. Ça grogne depuis midi de toute façon. Joachim marmonne pour luimême et ouvre la porte du restaurant.

„Bonjour Petra, c'est bien que nous puissions nous asseoir et manger en paix. Comment était ton bureau? Le fiancé de Joachim est le chef de section de l'Université allemande d'éducation physique de Leipzig et est responsable du domaine de la natation de compétition."

„Mon équipe est à Rome pour une compétition de natation! Je ne peux pas être là pour mes proches en Allemagne de l'Ouest. Mon bureau est parfaitement propre et j'ai plus de temps pour moi et, bien sûr, pour vous aussi."

„Je voudrais présenter notre invité au salon, M. Reinhold de Düsseldorf. Vous savez, ma mère loue toujours des invités de la foire ouestallemande pendant la foire de printemps et la foire d'automne."

„Bonsoir, M. Reinhold, comment aimez-vous notre belle Leipzig et dans quelle mesure êtes-vous satisfait de l'offre du salon et de votre commerce équitable?" „Je ne veux pas juger cette ville de manière négative. Il y a encore de nombreux points à améliorer. Mais je me sens très bien pris en charge par les parents de son amie. Les affaires avec mes partenaires d'exposition en Pologne vont bon train."

Vous pouvez voir par son expression faciale qu'il ne veut pas entrer dans ce sujet plus en détail et M. Reinhold change également de sujet. „Grâce à des conversations avec les parents de Petra, en particulier son père, j'ai appris son voyage de vacances prévu en Bulgarie. Pourquoi ce pays de tous les lieux? Qu'aimez-vous tant làbas? Vous n'êtes pas intéressé à passer vos vacances en Espagne, en Italie ou en France?" „Soyez un peu plus calme, M. Reinhold!" „Oh, désolé! Parfois, j'oublie que je suis en RDA." „Nos gusta ir a España, Sr. Reinhold, pero eso es demasiado costoso para nosotros, incluso si ambos ganamos muy bien. Actualmente tenemos un factor de conversión entre la marca GDR y la marca FRG de seis a uno. Para intercambiar una marca West Tenemos que pagar seis marcas RDA." Suponiendo que un viaje de vacaciones de tres semanas a España nos cuesta unos tres mil marcas occidentales, esto corresponde a unas dieciocho mil marcas de la RDA. Podemos comprar un auto para eso.

„Para un viaje a España, es decir, a Europa occidental, necesitamos el permiso de las autoridades de la RDA. Será difícil. Formulado cuidadosamente." „¡Entiendo eso! Pero nuevamente sobre el tema de las vacaciones en los países de Europa occidental."

Y el señor Reinhold habla un poco más tranquilo. „Klaus Rüdiger, un compañero de tenis en nuestro club, me dijo hace dos semanas que su sobrino de Erfurt en la RDA pasó sus vacaciones en Francia con las autoridades de la RDA sin ningún problema."

El Sr. Rheinhold interrumpe los tentadores pensamientos de Joachim sobre el sol, la playa y el mar y continúa con sus explicaciones. „Se dice que es médico en un hospital en Erfurt. Así que no pertenezcas a una clase de fiesta especial." „¡Oh, no! ¿No es casualidad que un pato de un tabloide de Alemania Occidental, Sr. Reinhold?" „¡No, Joachim! ¡Klaus Rüdiger no me cuenta chicas!"

„Une fois supposé, tout est vrai. Enfin, la question demeure, comment l'avez-vous organisé? Ou qui l'a approuvé ici en RDA? Et pourquoi exactement un médecin d'Erfurt? La personne a-t-elle des privilèges spéciaux? Traitez-vous uniquement les hauts fonctionnaires de la Stasi ou les membres de notre gouvernement médicalement? Demande Joachim un peu incrédule. Vous pouvez voir les doutes sur son visage." „Oui, comment l'a-t-il organisé?" „M. Reinhold parle doucement." „Autant que je me souvienne de la conversation, il devrait y avoir un vol programmé du GDR Interflug Gesellschaft de Dresde à Prague. Là, il a attendu un avion de la Lufthansa qui vole quotidiennement de Munich à Prague et de Budapest à Istanbul. L'intervalle de temps entre les deux avions, c'est-à-dire l'arrivée de l'avion GDR et le vol ultérieur avec l'avion Lufthansa, n'était que d'une trentaine de minutes. Donc pas plus qu'une petite pause café. Il est probablement resté dans la zone de transit de l'aéroport de Prague pendant cette période et, bien sûr, tous les contrôles douaniers à l'aéroport de Prague ont été contournés."

Pendant ce temps, il s'est caché dans la salle de bain, probablement pour ne pas attirer inutilement l'attention de la police de l'aéroport. Je ne sais pas comment il a organisé l'approbation du vol avec l'avion de la Lufthansa à destination d'Istanbul. À Istanbul, il a comparu devant l'ambassade d'Allemagne et deux jours plus tard, il était à Düsseldorf. Et partir en vacances là-bas ne pose aucun problème." „Oh! Et où est le médecin maintenant?" „A Düsseldorf!" „Oh non! C'est comme un succès à la loterie! Joachim respire complètement étonné!"

„Je dois m'excuser auprès des deux. Je rencontre toujours une amie d'affaires polonaise et je dois la laisser seule!" „Je la reverrai demain avec ses parents. Ou voulez-vous sauter le petit-déjeuner?" „Non, M. Reinhold, j'ai hâte d'y être."

M. Reinhold leur dit au revoir et se précipite à leur réunion d'affaires. „Petra, je paie notre facture et je discute de tout le reste dans le parc. Il y a trop de monde ici et certains d'entre eux ont de grandes oreilles."

Ils cherchent un banc dans le parking, ils se blottissent comme un couple amoureux et profitent de l'air agréable de la nuit.

„Une fois assumé, M. Reinhold ne nous ment pas. Le risque que nous devons prendre est relativement faible. À quoi avons-nous pensé avant de venir en Europe occidentale et d'échapper à la RDA? En aucun cas, nous ne risquons notre vie si nous fuyons avec l'avion Lufthansa. Nous n'organiserons pas de tournage dans le bâtiment de l'aéroport, mais nous nous comporterons discrètement comme tous les autres passagers."

Où est le risque pour nous, Petra? Que pensestu? „Joachim, es-tu sûr que ce n'est pas seulement une histoire sauvage?" „Ça vaudrait la peine d'essayer. Nous ne pouvons pas être abattus, nous ne pouvons pas nous noyer et il n'y a pas de champs de mines dans un bâtiment d'aéroport."

Si à l'arrivée à Prague nous découvrons que le vol en avion de la Lufthansa à travers Budapest vers Istanbul n'existe pas trente minutes plus tard, nous ferons une promenade autour de Prague et rentrerons chez nous.

Je réserverai également le vol retour. Par précaution, afin que personne à l'agence de voyages ne puisse mal penser. Nous courons tous les deux le risque d'être arrêtés et détenus à l'aéroport. Oui, nous avons le risque! C'est petit, mais c'est possible. Ok, donc nous faisons une demande en prison pour retirer la citoyenneté de la RDA et aller en RFA.

Si nous avons de la chance, la RFA nous rachètera de la misère de la prison de RDA et nous déportera en RFA. Cela peut prendre un an ou deux, mais nous ne risquons en aucun cas notre vie. La RDA manque de devises, c'est-à-dire de DM, de dollars et d'autres moyens de paiement occidentaux. Les 90 000 Westmarks qu'ils reçoivent de la RFA pour chaque prisonnier politique sont un cadeau de bienvenue. „Voulons-nous prendre des risques? Que pensez-vous, Patra?" „Ok, Joachim, il ne serait pas sage pour nous de ne pas suivre le destin!" „Ok, Petra, quel est le dicton si justement." „Ce que vous pouvez obtenir aujourd'hui, ne le remettez pas à demain."

„Je traiterai des billets d'avion pour Prague cette semaine. Nous vous disons à vous et à mes parents que nous voulons passer un weekend à Prague. N'oubliez pas d'emporter tous nos documents, nous en avons besoin à Munich!"

Le cœur battant, Joachim est à l'agence de voyages près de Karl-Marx-Platz et réfléchit très attentivement aux questions que les employés pourraient lui poser. Une demiheure plus tard, il a deux billets d'avion pour Prague. Départ samedi prochain. Nous réservons et payons le vol retour. Vous ne pouvez pas croire que tout cela a été possible sans complications. Quand quelque chose semble facile, pense Joachim, vous devez réfléchir très attentivement. Il y a aussi un dicton:

„La meilleure partie de la bravoure est la prudence"

Le dernier jour avant le grand événement arrive plus vite que prévu. Demain, ils veulent tous deux emprunter un chemin qu'on ne peut emprunter sans le risque de la RDA en Allemagne de l'Ouest.

Beaucoup perdent la vie, souffrent de graves dommages pour leur santé ou vont involontairement en prison. Je l'ouvre vraiment compte tenu du fait qu'il y a des gens qui, pour une raison quelconque, veulent simplement vivre dans un autre pays. Si ce n'était pas si grave, vous pourriez penser que ce ne pourrait être qu'une blague politique.

Joachim et Petra s'assoient dans leur restaurant préféré et discutent de leur plan d'évacuation à table. Une bière pour Joachim et un verre de vin rouge pour Petra sont indispensables pour détendre le corps et éventuellement l'esprit.

„Cher Joachim, je suis très excité. Quel est notre programme pour demain?" „Le train de Leipzig à Dresde part à dix heures et quart. Nous sommes à Dresde à douze heures vingt. Un taxi prend environ trente minutes pour rejoindre l'aéroport. L'avion pour Prague part à 15 h 40. Le matelas à temps devrait suffire à compenser les retards imprévus dans le voyage en train vers Dresde."

„Joachim, tout va très bien, je suis vraiment inquiet." A qui dites-vous ça? Les pensées sont les miennes. Ça ne fait rien. Chère Petra, ne laisse aucun message à tes parents demain quand tu leur dis au revoir. Le temps avant que nous puissions nous revoir peut être long. Dites à vos parents que nous avons passé deux jours à Prague, faire du shopping et dimanche soir à l'Opéra de Prague. Lundi, nous rentrons chez nous à Leipzig. Je dis la même chose à mes parents.

Le moment est venu, Petra et Joachim prennent l'avion Interflug pour Prague à l'heure. Le bruit fort du moteur de la machine russe est un gros obstacle à chaque conversation.

Quoi qu'il en soit, la courte distance de Dresde à Prague est rapidement surmontée et le bruit épuisant du vélo doit être supporté par les deux, ainsi que par les autres passagers.

„Ce dont nous avons besoin maintenant, Petra, ce sont de bons nerfs, une poignée de courage, beaucoup de patience et bonne chance. Et aussi chanceux que possible."

Les dix-huit avions russes Ilyushin roule lentement vers son poste sur le terrain de l'aéroport. Un bus emmène tous les passagers dans un bâtiment de l'aéroport de Prague.

„Ok, que se passe-t-il maintenant, Joachim?" „Je vais demander à un douanier où sont les toilettes, nous tombons malades en prenant l'avion." „Okay, fais-le! Ce n'est pas si mal. Je suis vraiment malade, mais pas de voler!

Au bout de quelques minutes, Joachim se dirige vers Petra, lui prend le bras et la conduit vers deux portes, qui sont clairement indiquées comme toilettes. „Alors, Petra, enfilez rapidement d'autres choses et n'oubliez pas de mettre votre perruque. Assurez-vous que personne ne vous regarde dans la salle de bain! Nous devons nous passer de nos valises, nous n'avons pas le temps pour cela. C'est très risqué. L'avion de Munich a déjà atterri. C'est sur le tableau de bord. L'histoire est vraie pour le moment."

„Maintenant vient l'étape la plus dangereuse." „Dites-nous, ne pourrions-nous pas sauter cette section?" „Eh bien, vous avez toujours le sens de l'humour." „Ok Petra, faites attention!" Nous étions en dix minutes devant la porte du salle de bain, puis nous avons passé discrètement la sortie et avons rejoint les autres passagers sur le chemin de l'avion de la Lufthansa à Budapest.

Quelques minutes plus tard, ils se tiennent tous les deux devant un aza-fata dans l'avion de la Lufthansa. „Vos billets s'il vous plaît!" La voix amicale du stuart sort Petra et Joachim de leurs pensées. La peur paralysante trouve une place dans son cerveau et se glisse lentement sur ses jambes, qui soudainement ne veulent plus se tenir sur le sol si en toute sécurité. „Je n'en peux plus!" „Petra respire doucement Joachim!" Ils sont tous les deux sur le point de décider de voler ou d'être transférés à l'administration aéroportuaire en tant que soi-disant passagers aveugles.

„Vos billets s'il vous plaît!" Oh oui, pense le Stuart. Sa voix est devenue un peu plus impatiente. „Veuillez prendre un moment. Je ne trouve pas les billets." „Il dit aussi calmement que possible et regarde autour de lui dans son sac de voyage." „Arrêtez-vous dans la salle d'attente, je reviens tout de suite!"

Deux minutes plus tard, le Stuart apparaît avec le capitaine de l'avion. Il les regarde brièvement. Comment monter sur notre machine? La voix n'a pas l'air désagréable, mais ça ne dit pas grand-chose, pense Joachim. Rassemblez tout votre courage et expliquez la question: comment êtes-vous monté dans l'avion de la Lufthansa?

Pendant quelque temps, le silence régna et Joachim et Petra atteignirent la limite de leur résistance. Tous deux savent avec leur esprit attentif et avec leur cœur, ils sentent que les paroles suivantes du capitaine changeront de manière décisive leur vie commune sans pouvoir les influencer.

Le capitaine la regarde puis désigne l'hôtesse de l'air. Le Stuart vous montrera leurs places. Vous payez vos billets d'avion lorsque vous êtes à Munich dans l'un des bureaux de Luft-hansa là-bas! Et ils veulent aller à Munich. Avec un sourire sympathique, le capitaine dit au revoir et se dirige vers le cockpit.

Le cri de Joachim résonne à travers l'avion. Un cri qui exprime l'agonie des dernières heures et les joies sans fin. Petra pose son visage sur la poitrine de Joachim. Il est infiniment heureux de pouvoir commencer une nouvelle vie ensemble dans un monde libre avec Joachim.

Les portes de l'avion se ferment silencieusement et les machines se dirigent vers Budapest pour Istandbul vers le monde libre.

„Lieber ehrlich fliehen, als schändlich kämpfen"

„Mieux vaut fuir honnêtement que se battre honteusement"

Deutsches Sprichwort - Proverbe allemand

„Quand les parents meurent, le passé meurt. Quand les enfants meurent, l'avenir meurt "

Dietmar Dressel

Amour et douleur

La fenêtre grande ouverte, un homme d'âge moyen aux cheveux gris clair est assis au bureau et essaie de faire deux choses à la fois facilement et calmement. L'abondance du courrier professionnel quotidien, vous cherchez toujours un espace libre sur votre bureau et la nature se réveille de l'hibernation, dont le doux souffle de printemps traverse la fenêtre ouverte et tente de vous distraire de votre travail.

Il lui est difficile d'échapper à cette magie mystérieuse. Malheureusement, votre travail quotidien et votre rythme quotidien sont déterminés par des discussions de travail avec vos employés, des appels téléphoniques et des réunions.

Il est inconcevable que le flux de travail normal s'arrête une fois et sans aucune transition. Un coup de téléphone privé en fin de matinée ne correspond pas à l'ambiance habituelle du bureau. La patiente, sa fille Dorothea est destinée, a été grièvement blessée à la tête dans un accident de la circulation. Son état est très critique. Sa venue immédiate est urgente. Immobile et pétrifié, il est désormais assis sur sa chaise de bureau, incapable de bouger ou de percevoir son environnement. Ce message cherche lentement et minutieusement un moyen de se faire entendre et l'esprit refuse d'accepter les paroles sinistres. De toutes ses forces, son esprit se défend de ce message. Son cœur se tord et ses mains semblent impuissantes. Il lui est difficile d'organiser ses pensées. Les yeux, voilés de larmes, recherchent désespérément l'aide de Dieu.

Peu à peu son esprit essaie de percevoir cette nouvelle et dans sa tête la panique tente de l'emporter avec une violence violente.

Dans ces minutes, incapable d'agir, il demande à un collègue de l'emmener à l'hôpital de sa fille. La secrétaire, veuillez appeler votre femme pour qu'elle rentre à la maison le plus tôt possible.

Maintenant, il est stupéfait par le chevet de sa fille et la voit comme il n'a jamais voulu en faire l'expérience. C'est comme regarder dans un abîme sombre, au fond duquel n'attendent qu'une souffrance et une douleur infinies.

Les pensées du père tournent autour de ce cratère fatidique comme des tourbillons sauvages. Pouvez-vous empêcher votre fille de tomber de votre vie ensemble? Ou vous sera-t-il enlevé pour toujours?

Pleurant et se tordant de crampes, elle essaie de ne pas finir de penser aux terribles pensées. Son cœur hurle désespérément de douleur et elle résiste au fardeau qu'elle ne veut plus porter et ne peut toujours pas se défendre.

Le père pense qu'il peut entendre une voix. Ce n'est pas vrai! Non, non, pour l'amour du ciel, non! C'est juste un rêve terrible. Et Dieu appelle désespérément: Prends-moi, prends-moi, mais sauve notre fille!

Une voix intérieure, comme réveillée par une main fantôme, murmure doucement: si vous ne sentez pas son souffle, vous ne ressentez pas ses battements de cœur et la chaleur de sa peau. Les petits soupirs laborieux qui échappent à sa poitrine torturée? Elle vit! Ne sentez-vous pas son combat contre la mort, qui veut gagner de toutes ses forces? Elle ne veut pas vous perdre et ne pas être seule dans un autre monde sans ses parents et ses frères et sœurs.

Bien sûr, il ne veut pas non plus perdre sa vie sur terre, qui ne peut pas se terminer à un si jeune âge. Elle n'a eu cette vie qu'une seule fois.

La porte de la chambre d'hôpital s'ouvre lentement et une voix douce et cassante murmure: „Bonjour!" Le voilà, celui qui en sait le plus, mais vous ne pouvez pas voir cela sur le visage du médecin. Les yeux du père sucent le visage de l'homme dans la blouse blanche. Que dira ta bouche? Vos paroles vontelles détruire tous les espoirs ou vous donner de la force et de la confiance chaque jour? „Tu as un choix à faire!" Ces mots sonnent sombres et incompréhensibles pour le père, et restent dans la pièce comme des restes de brouillard fantasmal.

Le médecin continue de parler à voix basse. „Le cerveau de sa fille a été irrémédiablement endommagé par le grave traumatisme crânien causé par l'accident. Des fonctions importantes telles que la respiration et l'activité cardiaque ne peuvent être maintenues que grâce à nos mesures médicales de survie immédiatement mises en place. Nous ne pouvons plus rien faire pour votre fille! Il y a des limites à nos options médicales pour cette grave lésion cérébrale."

Les organes de sa fille, contrairement aux blessures à la tête, ont été conservés intacts et pourraient être très utiles à d'autres personnes gravement malades, et peutêtre prolonger leur vie pendant un temps limité.

Le médecin prononce les derniers mots avec soin et tranquillement. Difficile de comprendre de telles pensées, le père demande au médecin dans la douleur de son âme: „N'y a-t-il pas d'espoir pour notre fille? Vous ne pouvez pas vous sauver la vie? Les options médicales sontelles finalement? Alors, quelle décision doisje retirer de la mort?"

Les mots du médecin viennent d'une pièce étrange. „C'est une aide pour les personnes très malades. Avec les organes de leur fille, ils leur donnent l'espoir de pouvoir guérir de leur maladie afin de pouvoir vivre pendant un temps limité."

Complètement désespéré, le père se demande et se tourne vers le médecin pour obtenir de l'aide. Notre fille est-elle morte maintenant ou pas? Et qu'entendez-vous vraiment par votre question?

„Comment estil possible que les organes de notre fille puissent aider d'autres personnes? Ou notre fille n'est-elle pas vraiment morte?" „Le médecin se tourne vers le père et secoue simplement la tête." „Ses questions ne sont pas si faciles à répondre rapidement. J'ai déjà dit que la gravité de la blessure de votre fille limite les options médicales et médicales."

Que doisje penser de ces mots dans ma situation actuelle? Comment prendre une décision si je n'obtiens pas de réponses à mes questions? Maintenant, le père pense avec horreur. Le corps vivant de notre fille n'estil pas un sac rempli d'organes sains et utilisables? Ou estce que le médecin ne voit que notre fille comme ça? Alors qu'estce que la vie et qu'estce que la mort?

Malgré les dommages causés à son cerveau, le corps vivant de notre fille est un système très complexe qui maintient encore de nombreux sous-systèmes. Je sens la chaleur de son corps et son combat avec la mort qu'il veut vaincre.

En pleine force, elle ressent les pensées de sa fille et ses appels au secours douloureux et effrayants.

Pourquoi veux-tu mon corps? Je veux vivre! Je veux vivre, papa! Je veux être avec toi! Ne me laisse pas aller seul dans un autre monde!

Avec ces pensées, il est très difficile pour le père de ne pas perdre la tête. Pourquoi notre fille ne devrait-elle pas être maintenue en vie simplement parce qu'il faut aider le corps médicalement pendant un temps spécifié pour guérir la blessure grave? Que savons-nous de notre cerveau et de sa capacité à s'organiser? Nous devons simplement donner à ces processus de récupération du temps, de la patience et de l'aide. Seulement et sans exception comptez-vous le malade qui a besoin d'un organe et non le malade qui veut et pourrait se rétablir si on s'en occupait?

Devrions-nous donner de l'espoir à une autre personne avec les organes de notre fille si nous devons bannir notre fille dans un autre monde où elle ne veut pas et où nous ne pouvons pas la suivre? Seule la personne qui souffre et a besoin d'un organe a droit à la vie? Estce que notre fille doit mourir pour qu'une autre personne vive? Même si elle n'est pas vraiment morte et pourraitelle vivre aussi? À quel point les parents doiventils être insensibles, surtout dans une situation aussi désastreuse, où la fille se bat pour sa vie pour demander s'ils veulent leur permettre de prélever les organes que l'espérance de vie de leurs enfants leur enlèvera?

Quel genre de moralité pathologique serait-ce? Et où est le respect de la vie et de la dignité humaines? Peu importe à qui appartient la vie.

Les deux personnes gravement malades ont droit à la vie! Dans cette situation très difficile à supporter, comment pouvez-vous nous demander si nous voulons faire don des organes de notre fille? Dorothea n'est pas un but ou une chose pour nous parents! C'est notre fille que nous aimons et que nous ne voulons pas perdre!

Il est insupportable pour nous de voir comment elle est allongée dans son lit, souffre et se bat pour sa vie. Devrions-nous également permettre à quelqu'un de se couper les organes de son vivant et de nous donner le reste pour son enterrement?

Pour nous parents, avec une telle décision, tout espoir de sauver notre fille est perdu, désespérément perdu! Ou comment comprendre tout cela? Si nous pouvons le comprendre dans notre situation. C'est complètement anormal! Avec ces pensées, le père doit penser à une citation de N. Ostrowski:

„ Le plus grand bien que possède l'homme est la vie, il ne lui est donné qu'une seule fois "

À qui appartient la vie du médecin? Le père se demande maintenant désespérément. Si la vie est le plus grand bien pour tous, le don d'organes et le médecin est convaincu que cela pourrait être un moyen utile de maintenir une personne malade en vie pendant un temps limité. Mais pourquoi donner les organes de notre fille si elle est encore en vie et pourrait être sauvée si on faisait un effort?

Et si la vie de chacun est si irremplaçable, pourquoi permettons-nous à de nombreux enfants de notre pays de mourir de faim dans l'agonie et la souffrance en même temps qu'une greffe d'organe? Pour l'amour du ciel, pourquoi? Ces enfants ont aussi un organe souffrant, leur estomac. Qui crie de douleur, mais pas parce qu'il est malade, mais parce qu'il n'a besoin que de quelque chose à manger pour récupérer. La vie en tant que bien suprême estelle uniquement destinée à une certaine catégorie de personnes? Les enfants et les personnes gravement blessées, dont un seul a vraiment besoin de leurs organes, appartiennentils à une autre classe? Et sontils moins vivables?

Sommes-nous des enfants si indifférents avec leurs re-gards suppliants, leurs visages vieillissants, qu'ils ne peu-vent plus absorber des souffrances indescriptibles et la peur de la faim? Sommes-nous prêts à diviser la vie en quelque chose qui vaut la peine d'être vécu et qui ne vaut pas la peine d'être vécu? Divisons-nous la mort en morts et pas vraiment morts?

Sommes-nous alors une chose quand la mort survient et si nous ne sommes pas complètement morts, un corps dont les organes ne devraient servir qu'à un seul but?

Voulez-vous vraiment ça? Ou, le moment venu, laissons-nous les gens aller dans un autre monde en paix et sans nuire à leur âme?

Agenouillé devant le lit de malade de son fils, le père est au bout de ses forces. Maintenant, à l'heure de sa plus grave difficulté mentale, il doit prendre la décision de se faire prélever vivants.

C'est terriblement mauvais pour sa fille d'être privée par la force de sa jeune vie, de ne pas pouvoir fonder une famille et vivre une vie heureuse. Elle ne laisse pas non plus l'âme de sa fille s'abîmer!

Sa conscience de soi répond à voix basse: „À quoi cela servirait-il à une personne de gagner le monde entier et de perdre ou de nuire à son âme.“

„La réponse du père est calme mais ferme. „Non!" Les parents ne permettront pas que notre fille soit tuée!"

Un cri de désir se fraye un chemin à travers l'immensité de l'univers et cherche les parents, les frères et sœurs et les amis qui doivent rester sur terre pendant un certain temps.

„Ne parlez pas de mon départ plein de douleur, mais fermez les yeux et vous me verrez parmi vous, maintenant et toujours"

Khalil Gibran

„*Lorsque vous dites au revoir, il y a un moment où vous ressentez la douleur si fortement que l'être cher plus avec toi*"

Arthur Schopenhauer

„*Vous qui m'avez aimé, ne regardez pas la vie que j'ai terminée, mais la vie que je commence*"

Aurelius Augustinus

La douleur est comme la mort

Les pensées que vous recherchez, votre âme qui l'appelle et votre cœur qui y aspire tant ne laissent pas vos parents se reposer. Il est devenu solitaire et calme près d'elle. Le silence de la tombe imprègne son environnement comme un terrible cauchemar sans fin. Tout dans sa maison appelle la fille. La chambre de son fils se sent abandonnée et malade avec une envie de rire insouciant, de bonheur et de joie de vivre.

Partout, dans les lieux qu'elle aimait, ils la recherchent, et pourtant ils ne trouvent que la solitude et le vide infini. Où estu? Où pouvons-nous vous trouver? Les parents pensent toujours. Et les appels à l'aide de la fille après que le père, la mère et la sœur aient traversé l'infini de l'univers comme un écho. Les appels tentent de supprimer le sentiment de solitude et de vide, en vain!

Par inadvertance et violemment, la fille est envoyée dans un autre monde et ne peut plus communiquer avec ses parents. Comment trouver son chemin dans la solitude et l'immensité? Comment devriez-vous ressentir à nouveau la chaleur, l'amour et la sécurité de vos parents dont vous rêvez? Où sont les heures, les jours, les années où leur voyage ensemble était encore connecté à leur cœur?

Paralysées, engourdies et abasourdies, les pensées du père, de la mère et de la sœur se déplacent à la recherche d'une réponse. Tout est tellement irréel et nonstop. L'âme se tord de douleur et de chagrin et ne veut pas être apaisée. Elle se lève et essaie de trouver la fille avec ses appels à l'aide. Tous ces efforts sont vains.

Il leur est tellement difficile de supporter l'âge du soleil. Il se cache comme un fantôme de rongeur et ne peut plus être secoué.

Il n'y a rien pour remplacer leur absence et ils n'essaient pas. Ils ont tort s'ils croient que mon Dieu pourrait combler le vide pour leur donner force et confiance pendant ce temps. Il ne le fait pas! Cela les maintient inoccupés et les aide à maintenir une relation étroite avec la fille.

La gratitude des parents pour passer du temps avec leur fille transforme la douleur de la mémoire en joie tranquille et en un cadeau précieux. Les parents se demandent souvent tranquillement et tristement, pouvons-nous vivre à nouveau comme les années précédentes? Notre rire reviendra-t-il à travers les espaces communs? Où devrions-nous placer la douleur et comment et où devrions-nous garder le fardeau de la douleur? Pourquoi une telle douleur d'âme ne passe-t-elle pas et ne diminue-t-elle pas ou non? Ne pas! Il la serre dans ses bras et ne la libère pas. Elle pénètre profondément dans le cœur des parents et est inextricablement liée à leur vie et à leur âme. Cela n'arrivera que s'ils vont tous les deux dans un autre monde.

Au final, ce sera la souffrance, le travail et l'amour pour elle qui rendront le temps sans lui indispensable, ce qui lui donnera du poids et de la profondeur. Le père se souvient de la naissance de la fille. À ce momentlà, ils leur ont inculqué la joie et l'amour. N'estil pas compréhensible que la vie tente de s'échapper parce qu'elle vous a été enlevée? Cela fait partie d'eux, de leur vie et de leur âme. Comment devraientils vivre sans eux?

Les amis, collègues et voisins ne s'arrêtent pas avec des conseils bien intentionnés. Il faut lâcher prise! Vous ne pouvez pas le changer de toute façon et la vie continue encore et encore!

Distrayez-vous! Plongez-vous dans le travail. Disle! Vous devez prendre vos distances et penser à vous-même et à votre avenir. Vous ne pouvez pas ramener votre fille. Comme si tout cela avait du sens et pouvait remplacer la douleur et le chagrin des parents. Peutêtre qu'ils admireront encore et encore les personnes en deuil s'ils ne sont pas abattus par le lourd fardeau de la douleur et du désespoir. Vous vous contrôlez ou parfois vous souriez. Ils pensent qu'avec regret tout est terminé et le quotidien revient. Vous vous en remettrez. Récupérez! Cela signifie certainement avec amour, mais ce n'est pas du tout préparé.

Voulez-vous rester là où la fille a dû la laisser? A la frontière sombre entre les deux mondes? Trouvez-vous le courage et la force de continuer à vivre ici?

Les personnes en deuil d'aujourd'hui trouvent qu'il est particulièrement difficile de faire face au temps de la souffrance. Ils écoutent sans cesse les choses terribles et cruelles qui se produisent chaque jour dans ce monde. Des personnes hantées par le malheur, la peur et leur destin, qui ne laissent personne se reposer. Comment les personnes en deuil peuventelles réagir à cela?

Oubliez vite! Distraire! Supprimez tout et stockezle dans les chambres mentales les plus introuvables! C'est ce que vous attendez des personnes concernées.

Des amis leur parlent de tout, mais pas du terrible événement, la mort de leur fille. Ne le touche pas! Ils pensent.

Qu'est-ce qui vous aide à tuer la douleur et le chagrin dans une frénésie? Échapper à la maison ou se cacher dans l'infini de la vie? Ne pas! Pleurer avec votre âme parce que vous êtes sans votre fille et que votre cœur se tord de crampes, plus qu'aucune mère ou père ne peut juger de l'injustice qui l'a frappée, oui! Soyez furieux! Crier même quand quelqu'un l'entend ou le voit. Combattez avec Dieu qui a permis cela! Tais-toi quand tu sens que les autres ne peuvent pas te comprendre! Trouvez du repos si vous êtes trop fatigué pour parler ou si vous vous sentez coupable!

Un jour, il n'est peutêtre pas si important de pleurer ou de crier, mais maintenant c'est bon pour eux. Et maintenant, personne ne devrait l'enlever.

Il ne sert à rien de s'échapper! Où doiventils aller? Se noyer dans l'alcool est inutile, se réveiller est encore plus terrible. Ils ne savent pas si le soleil brillera un jour pour eux un jour. Ils sont à la maison pour protéger la fille. Une maison qui les composait ensemble. Maintenant, elle n'est plus là. La mort violente les a envoyés dans un autre monde où ils ne peuvent toujours pas continuer.

Un jour où le soleil essaie de trouver un petit chemin à travers le ciel sombre couvert de nuages, vous verrez un petit arc-en-ciel pendant que vous marchez, faisant un effort coloré pour montrer votre arc coloré. Il vous invite à aller et venir comme un pont. Encore et encore, juste pour marcher.

Votre douleur est une belle promenade. Partout où la fille devait aller et retourner là où ils étaient ensemble. Toutes les années à vivre ensemble. Ce va-et-vient est important pour eux! Les souvenirs restent éveillés pour eux et les rassemblent! Le cri des parents pour leur fille est comme un désir insatisfait. Votre cœur souffre du fardeau et le rend! Mais ça ne guérit pas vraiment. Vous devez suivre votre chemin sur terre pour suivre votre fille. Que le chemin vers elle la rapproche et que la fille puisse retrouver ses parents. Ou veulentils aller vers elle maintenant et pas seulement quand Dieu l'appelle?

Il est difficile pour les parents de ne pas succomber à cette tentation. La douleur est comme la mort ellemême. Et estil un lâche si vous voulez être chez vous là où il est? Ou doiventils d'abord mûrir mentalement? Il serait bon que les parents restent sur Terre pendant un certain temps jusqu'à ce que le jour reprenne la lumière et le soleil. Parce que ce qui devrait être considéré dans votre vie comme un sens et une valeur devrait surgir ici et tout a un but.

Les parents se tiennent près de la tombe de leur fille et demandent:

„ Reverrons-nous notre fille?"

Vous croyez tous les deux fermement et ressentez cela avec votre cœur et votre âme et vous les trouverez!

„*Laisse mon œil dire au revoir que ma bouche ne peut pas*
supporter! Lourd, combien lourd
estce à porter! Et je suis autrement
un homme"

Johann Wolfgang von Goethe

Author

Le moment vient où les 65 ans de vie sont à portée de main, enfin on pense avec soulagement, en retrait. Jusqu'ici tout va bien! Il ne faut pas longtemps avant que le 66e anniversaire soit célébré en famille et, avec une impatience grandissante, force est de constater que cette journée, avec ses 24 heures, peut être assez longue.

La famille, les petits-enfants, le farniente, les voyages et les expériences occasionnelles de jardinage botanique ne suffisent plus à donner à votre journée un visage intéressant, que faire? Vous ne pouvez pas éviter cette question si vous ne voulez pas passer le reste de votre vie sur le canapé et devant la télévision. Alors je me suis demandé, de repenser les nombreuses pensées et idées qui se sont accumulées au cours de la vie et, si possible, de les traiter par écrit. Dès que de telles pensées sont réfléchies jusqu'au bout, l'initiative nécessaire se développe. Des études de littérature sont nécessaires. Si la tête pense sans penser au corps, elle a déjà 66 ans. Ce sont ces trois années d'études qui m'ont montré que l'écriture créative ne doit pas rester un sombre secret si vous essayez de la transmettre. Et quelque chose d'autre m'a aidé à devenir sérieux dans l'écriture. L ' „auditeur" spirituel cherche des conversations avec la conscience et sa voix intérieure.

Beaucoup de mes amis et lecteurs me demandent depuis longtemps, comment écrivez-vous autant de livres en si peu de temps? Franchement, je ne peux même pas répondre à cette question apparemment simple. Je pense que c'est ma voix intérieure qui veut discuter avec moi tout le temps. Et ainsi les pensées coulent presque automatiquement sur le clavier de mon ordinateur comme si elles étaient dirigées par un fantôme.

„L'aventure de Timon - Livre pour enfants“

Complètement étonné que les animaux peuvent penser et parler, Timon a des aventures passionnantes avec ses petits animaux et son fils Billy.

Les animaux jouent un rôle important dans ces histoires passionnantes et réfléchies.

Il sauve sa petite amie Liesa de la famine.

Bee Susi combat son amie Liesa et Timon pour une abeille bénisse qui peut échapper aux méchants de toutes ses forces.

Avec sa petite amie Liesa et son fils Billy, ils sauvent une famille d'ours de la torture terrible et douloureuse des braconniers.

Complètement étonné que les animaux peuvent penser et parler, Timon a des aventures passionnantes avec ses petits animaux et son fils Billy.

Les animaux jouent un rôle important dans ces histoires passionnantes et réfléchies.

Il sauve sa petite amie Liesa de la famine.

Bee Susi combat son amie Liesa et Timon pour une abeille bénisse qui peut échapper aux méchants de toutes ses forces.

Avec sa petite amie Liesa et son fils Billy, ils sauvent une famille d'ours de la torture terrible et douloureuse des braconniers.

Plus d'informations
BoD Verlag

„Vouloir lire, c'est comme un appel aux rêves de la nuit"

Dietmar Dressel